伊藤利子
炎暑
夫が消える
Ensho

炎暑

夫が消える

〈主な登場人物〉

新藤《しんどう》 咲《さき》　四十三歳
新藤 剛《たけし》　四十五歳
咲の父　六十五歳
咲の母　六十三歳
水木《みずき》 良太《りょうた》　四十三歳　咲の昔の恋人
深谷《ふかや》 信介《しんすけ》　メンタルクリニック院長

「災い転じて福となす」

「焼けるようなひどい暑さ」

「思いがけなく不幸にあう」

この物語は、考えられない出来事が幸せいっぱいの家庭を崩していく。


新藤咲は四十三歳。夫剛は四十五歳。咲の父親は東都銀行の頭取。その銀行に剛は勤務している。父から紹介され東大卒のイケメン、長身。父からは一番信頼されていた。

咲は大学のころ、付き合っていた同学年の彼がいた。卒業後しばらくして海外に転勤になり、一人っ子の咲は将来両親の面倒をみなければならない為ついて行けなかった。新藤家の養子として剛と結婚した。両親にはもちろん咲にも優しく品の良い夫に徐々に惹かれていった。子どもには恵まれなかった咲だが、幸い多趣味で毎日の生活に不自由はなかった。お茶、お花、お料理と近所の友人と楽しんでいた。スポーツジムにも通い、シャワーの後は友人数人とのランチを常としていた。

そんな生活を送る中、夫が休みの日曜日は、いつも咲が運転して買い物に出掛けた。車で十分程度のレジが十列ある大きなスーパーだった。カートはいつも夫が押してくれた。

ところが今日は違う。手に買い物カゴを持っている。

「どうしてカートを押さないの、押すと楽よ」

と言う咲に、

「あれは人に当たるとすみませんと言わなければならないから嫌いだ」

と言うので咲は笑った。しかしそれは、これから起こる出来事に大きな意味があることに気付いていなかった。

夫が消える

　咲は鮮魚売り場を見ていて振り返ると夫がいない。

「あら？」

と思いキョロキョロ探す。大勢の客の中、なかなか見つからなかった。どこへ行ったのと心の中で叫びながら歩きまわると、夫は二番レジに並んでいた。

「あっ、いた」

　咲は急いで夫の元へ行き、

「どこへ行っていたの？」

と聞くと、

「何を言っているの。どこにも行ってないよ。見つけられなかっただけだろ」

と言った。その日はおかしいなと思いながら帰宅した。

再び消える

いつものように夫はカゴを持って咲は後からついていく。咲は豆腐売り場を見ているとまたパッと夫が消えた。

「えーっ」

と思い、すぐに人を避けながら探したがまた見つからず、見つけた時は夫はレジで精算していた。その間十五分程度。

「一体何をしているの？」と咲は不思議に思った。

不審な影

いつものようにスーパーに出掛けた。買い物カゴを持たない五十歳くらいの男とすれ違った。少し行くと今度は二十歳くらいの男とすれ違った。その男たちは薄気味悪い笑みを浮かべていた。そして男子トイレの前にもう一人、二十代の男が立っていたが、顔を伏せていた。私の周りに数人の男がウロウロしている。

「なんなの、この連中は？　夫が消えることに関わっているの？」

　咲は怖かった。気が付くと夫は消えていた。あの買い物カゴには咲の入れた生ものが入っているのにどこにいるのと思った。とうとう見つけられず、車の方へ行くと、車の前に夫が二つの袋を下に置いて待っていた。その日は四十度の炎暑だった。

「生ものがあるのにどうしてお店の中で待たないの？」

と咲は言った。夫は黙ったまま助手席に乗り、買い物袋は後ろの座席へ無造作に置いた。咲はこれ以上何も言う気はしなかった。訳が分からないまま帰宅した。またこのようなことがあったら、今度こそ聞いてみようと思った。

　それから三日後、近所の友人四人でランチを楽しんでいた。Aさんは男の子二人、高一と高三。Bさんは男の子一人、大学一年生。Cさんは女の子二人、中一と中三。みんなそろうと子どもの話になり咲は聞き役だった。

Ａさんが、

「うちの子ゲームばっかりで勉強しないのよ。それも夫とゲームの取り合い。私はいい加減にしなさいと怒鳴ってやったわ」

Ｂさんは、

「うちの子も一緒。ゲームを始めると食事もロクにしないで冷めてから一人で食べているの。温かいうちに食べてほしいのに、せっかく美味しく作っても何にもならないのだから」

Ｃさんは、

「うちは二人とも女の子でしょ。洋服を買いたいってしょっちゅうおねだりばっかり」

咲は言った。

「みんな楽しそうね」

「何を言っているの。あなたはお子さんがいらっしゃらないから分からないのよ。本当に大変よ。新藤さんはお幸せね。素敵な旦那様と自由にお出掛けしてとても羨ましいわ」

「無い物ねだりってこういうことをいうのね。隣の芝生は綺麗に見えるって言うでしょ」

と咲は言った。

ゲームで親子喧嘩をしている姿が羨ましかった。そんな悩みなら私に言わせると悩みじゃないわ。頭の中が真っ白になる経験を毎週しているのだから。

次の日曜日のことを考えると怖くなってきた。動悸が止まらない。眠れない。苦しかった。

わずかな空白

その日は駐車場が混み合っていて、車をバックで入れていたら夫が、

「僕は先に降りるよ」

と言い、すぐに走ってスーパーへ入っていった。

「しまった」

と咲は思った。

「またかー。今日もまた消えるの？」

　案の定夫の姿はない。咲は一生懸命探す。しかし見当たらない。

また十五分ほど探し回り買い物どころではなかった。

「あっ！　いた！」

　急いで夫の元へ行くとナスだけカゴに入っていた。

「今日は焼きナスにしよう」

と言う。

「ナスだけ？」

と聞くと、

「身体にいいからね」

あまり夫から聞くことのない言葉だった。もうこの日は買い物する気になれず、

「お昼ご飯は何か食べに行きましょう」

二人でラーメンを食べ帰宅した。夫はスッキリした顔だったが、咲は頭が重く辛い一日になった。


マジシャン？

いつものようにスーパーへ行った。夫は、

「タマネギあった？」

と聞くので、

「なかったわ」

と言うと、

「持ってきて。僕は梅を持ってくるから」

と言う。まさか消えることはないだろうと思い、咲は野菜売り場へ

向かった。そしてすぐに振り向き夫を確かめるとまた消えていた。「あの人マジシャン?」。タマネギを手にして夫を探すと、どこからともなく現れた。咲は耳鳴りがし始めていた。身体がおかしくなるのを覚え、明日は医者に行こうと思った。

しかし次の日になると治っていたので少し様子をみることにした。

つきまとう不審者

今日こそ何も買わずにただ夫の側から離れないようにしようと決めた。するとなにげなくすれ違う男が、カゴを持たず私の行動を見張っているような気がした。数人のカゴを持たない男たちが私の周りにいた。その日は目を離さなかったので夫が消えることはなかった。嬉しかった。良かったと思った。帰りの車の中でさっき私をつきまとうような男がいたことを話すと、

「そんなことあるわけないだろう」

と言う。

「そうよね」

と咲も言い、自分を慰めた。

女の影

この前のように夫から離れずに回った。するとすれ違った女に違和感を覚えた。買い物をする雰囲気ではない。おかしい、怪しい女だと思った。二十代半ばだった。そんなことを考えているうちに夫を見失った。「しまった!」。自分だけが敵で夫と連中はグルになって私をいたぶっている。どうしてこんな目に遭わなければならないのか、と咲は思った。

人生はやじろべえ。人生はどこかでバランスをとっているのだろう。この問題さえなければ経済的にも家庭的にも全てを満たしている。これが人生なのか、と思いながらもこのままでは身体がもたない。誰にも言えない。この問題だけは両親にも絶対言えない。まして父は自分が選んだ人だと喜んでいる。仕事はできる。お客様への対応は抜群だと父がいつも褒《ほ》めているのを知っている。

夫がカートを使わない理由が分かってきた。夫にとってカートは邪魔な存在なのだ。人に当たるのが嫌だからと言っていたが、それは口実で、自分に都合の良いことを言っていただけだ。現金をいつも沢山持っている夫はカモにされているのだ。咲もバカじゃない。絶対に真相を突き止めてやる。しかし相手はプロ、夫の個人情報はもちろん日々の行動など全て調べているはずだ。時間を変えて行っても夫は消えるのだから、連中と何らかの連絡を取っているのは間違いない。

人には言えない。相談する相手もいない。相変わらず眠れない日が続いた。こんな正常ではない心境の生活がいつまで続くのか。初めて夫が死んでくれたら楽になるのにと考えるようになっていた。

冷静に考えてみれば最近始まったことではない。

結婚して二十年になる。その頃から何かおかしいと思うことが多くあった。でもまさか、夫が私を裏切ることなどないと思ってい た。レンタルビデオ店に行った時、車の中で私を待たせ、四十分も戻って来ないこともあった。何かあったのかと私が外へ出るとすぐに戻るということがしばしばあった。今思うと、これは防犯カメラで誰かが私を見張っていたのだろう。恐ろしいことだ。濡れるといけないからと、雨の日、雪の日も車の中で待たされた。お花を買っている間、「二、三十分したら迎えに来るよ」と言ってどこかへ行ってしまったこともあった。このようなことが、夫にとっては当たり前の生活のように続いていたのに違いない。

ビデオ店の中に咲が一緒についていくようになり、何事もできない状況が続くと、今度はスーパーでの消える作戦が始まったのだ。この不可解な行動が始まってから、「証拠がなければいいんだよ、世の中は」。このような言葉をよく口にするようになった。咲に背中を向けて言い放つ冷たい言葉に、その背中をじっと見つめながら悲しみを抱く咲だった。かつての優しく品の良い姿は徐々に影をひそめていった。

家族で喧嘩したり、また仲良くみんなで出掛けたりみんな何かを楽しみに生きている。もし私が他の人と結婚しても、楽しみと同時に別の苦しみを味わっているのかもしれない。人生は、色々だ。

そこで咲は、誰にも言えない苦しみから逃れる為、藁にもすがる思いで、大学時代の親友真知子に久しぶりに電話を掛けてみた。悩みを初めて他人に打ち明けた。電話の向こうでは驚いたのか、何を言っているのか分からないといった口調で、

「咲、疲れているみたいね、ゆっくり休んだほうがいいわ」とあし

られ、その瞬間目の前が真っ暗になり、座り込んでしまった。
その夜は、ベッドに入っても鼓動が耳から離れることはなかった。
そして、苦しく毎日が地獄だった。

行動に移す

スーパーの店内に入ると、安売りの日だったので大勢の人でごった返していた。それに紛れないように夫にしっかりついて回った。私の欲しいものは買うのをやめてただ夫について回った。私のものは、一人で後からゆっくり買えばよいと思っていたので手ぶらでピッタリ夫の横についていた。混雑の中では二人でいることが困難な場所もあったが、どこで何をしているのか突き止めなければならない。しかし相手はプロの連中。お金のためなら何でもやりかねないので、咲は怖さも正直あった。

男たちは隙をみせない。夫が初めてチラッと私を見た。何かある予兆を感じた。夫はサッと曲がった。咲は後を追うように追いかけたが人だかりで前へ進めない。すぐに見失ってしまった。「しまった！」と思い、周りを見回したが消えていた。胸の鼓動が鳴りやまない。どこへ行ったの？　あのカゴはどこかにあるはずだと床に置いていないか探した。相手から見ると面白かったに違いない。

大きなスーパーなのでトイレが二か所ある。ひょっとしたらと思い、勇気をふり絞り男子トイレに入った。すぐのドアだけが閉まっていた。トントンとしたが返事はない。「これはおかしい」、ドアノブを引っ張ってみた。カギがかかっている。男二人が入ってきた。用を足し始めた。これは仕掛け人だと思い、怖くなってすぐ出てきた。あのトイレの中には間違いなく夫と女がいると確信した。レジの所で待っていると十か所あるレジの一番奥で夫が会計していた。

私は咄嗟《とっさ》に考えた。すぐに車へ行き、最初に止めた場所から車を移動させた。広い駐車場、一番向こう端に止めて夫を待った。じっと待っていると、両手に買い物袋を持った夫がウロウロと車を探している。咲は何を言われてもいいと思い、この車を見つけるのをじっと待った。やっと見つけた。こちらへ向かってくる。

炎暑の中、夫の額から汗が吹き出していた。車に近づき後部座席に買い物袋を入れ黙って助手席に座った。何か言うかと、すぐに車を出さずじっとしていたがひと言もなかった。あれは間違いなかったのだと確信した。しかしトイレの中で何があったのか見ていない。何の証拠にもならない。我慢できずに、

「トイレに行った？」

すぐに、

「行かない」

と強い口調で夫は言った。

「おかしいわね、トイレに行ったでしょ？」

と言うと、突然、

「証拠はあるのか？　証拠を出せ！」

と怒鳴った。これが証拠だと思った。トイレのことで証拠と言うのはますますおかしい。内弁慶と言うのだろうか、夫は外面がよく、家では少し態度が大きいところがある。勝手に車を移動させれば激怒し理由をただしてくるはずだ。トイレにいた証拠を出せと迫る一方、先ほどまでの行為に後ろめたさがあるのか、車を移動させた理由は一切聞いてこない。これが二つ目の証拠ではないか。

　少しずつ核心に迫っていることを連中は知っているはずだ。男たちの金もうけを邪魔していると間違いなく私は狙われる。行為が行為だけに、誰にも言えないことは夫も連中も知っているはずだ。どう対処していいかよく考えなければいけない。絶対に暴いてやる。負けてたまるかと咲は思った。これは嫉妬というものではない。妻である私、人間としての尊厳を傷つけられた報復だ。

咲は見違えるほど変貌していった。あの穏やかなお嬢様のイメージはなくなり、いつも考え込むような険しい顔になっていた。しかしプライドがある。夫との食事、友達とのお茶、お花、スポーツジムはいつもと変わらず参加した。知り合いが、

「あっ、咲さん、こんにちは」

と、親しく声を掛けてくれることに喜びはあった。明るく返事はするが、頭が締め付けられるような症状にも苦しめられていた。

日曜日が恐怖の曜日になった。夫一人で行かせれば私はその現場を見なくてすむ。そうすればどれだけ楽になるか。葛藤するうちに咲は頭痛が酷くなっていった。

耐え切れずに内科に行くと、医者はすぐに、

「隠れ熱中症ですから、塩分、水分を摂取するように」

と薬は出してくれなかった。

自宅での静かな生活から一変、苦しい日曜日が来なければいいと思う毎日だった。

突きとめる

また日曜日がやってきた。恐怖の買い物に出掛けた。人が多い。人の間を夫がまた斜めに走っていく姿を見た。十五分ほどして黙ってレジの所に来た。そこで私は待っていた。その間夫がチラッ、チラッと私を見る。今までそんなことはなかった。なに食わぬ顔で並んでいる。今日こそ聞いてみようと決心した。私の見えない所で連中がやらせているのだから証拠と言われたらない。でもどう言うか思い切って聞いてみることにした。

車に戻るとすぐに、

「何をやっているの？」

「何が？」

「パッと消えるでしょ。私の前から」

「俺はマジシャンか？」

「マジシャンよりすごいでしょ」

と言った。

「周りが私を監視している間あなたは誘導され一体何をしているの？」

と問い詰めた。気まずい沈黙が続く。車の中ではそこまでだった
自宅に入ると、夫は大声で泣きながら花が入った花瓶を壁に投げ付けた。突然、テーブルを叩きつけ暴れ始めた。近所に恥ずかしかったので咲は、

「泣いたり暴れたりするのはやめて。どうしてこんなことをするの？」

と言うと、夫は泣きながら跪《ひざまず》き、

「そしたら、これから僕にそんなこと言わないか。言わないと約束

するか」

　咲は、

「分かったわ。もう言わないから。本当に言わないからやめて」

　普段は穏やかな性格だが、時として、咲の穏やかな性格につけこんで暴れだす時がある。咲はそれが怖くそれ以上追求することができなかった。

「本当だな。本当に言わないか」

と懇願し始めた。ぞーっとした。病気だと思った。それでも社会へ出ると優等生。どこも変わったところがないエリートそのものだった。イケメン、長身、文句のつけようのない人物。その裏で苦しんでいるのは私だけ。私さえいなければ喜んで連中は夫を誘うだろう。怖い話だ。警察に相談することも考えたが確証はない。夫の名誉にもかかわる。

　何とかしなければと思い、咲は再び病院に出掛けることにした。

内科ではなくその先はメンタルクリニックだった。ここならこの問題を相談できるかもしれないと思った。咲は、自分が苦しくなるたびに、このクリニックを何度も受診していた。信頼できる医師だった。

深谷医師が、

「今日はどうしました？」

と聞いた。涙が初めて出た。

「先生助けてください」

と咲は言った。

「落ち着いてゆっくり話してごらん。楽になると思いますよ」

と医師は言う。咲はここが私の相談する場所だと思い、始めから話し始めた。

結婚当初は何の問題もなく毎日が夢のようだった。朝、トーストを焼き、ハムエッグ、サラダと準備する手が魔法のようにスイスイ

と動く。いつも目が合うと二人は笑顔だった。朝出掛ける時もお迎えの白手袋の運転手が、

「おはようございます」

と挨拶をする。咲は車が発車するまで手を振り、車が見えなくなるまで見送った。

　今思うと、その頃からその様子を誰かにじっと見られているような気がしていた。それから洗濯掃除が終わると、スポーツジムに出掛け汗をかき、いつもの友人とおしゃべりに華がさきシャワーを浴びてからランチに出掛けた。いつも四人は一緒だった。

「ねえ、この頃変な人がウロウロしてない？」とAさんが言った。

「そう言えば洗濯物を干している時に覗かれているような気がしたことがあるわ」

とBさんが言った。

「嫌ね、子どもが気になるわね。ターゲットは女の子よね。怖いわ

ね」

とCさんも続いた。咲はやっぱり見られているような気がしたのは思い違いではなかったのだと確信した。

みんなで声を掛け合って気を付けましょうね、と促した。Aさんが、

「そうそう、みんなで渡れば怖くないっていうからね。団結しましょう」

と言い、そこでみんなにこやかになり、また雑談が始まった。咲は一抹の不安を感じていた。

二十年間、夫を疑ったことは一度もなかった。しかし今思うと、結婚当初から夫の行動は少しおかしなところがあった。連中はお金のある男性を探しているのだ。

そしてスーパーでの行動を医師に全て話した。医師は机に向かってじっと聞いていたが、話が終わると咲の方を向き、唐突に、

「あなたはご主人と別れることを考えたことはありますか？」

と訊ねた。

「いいえ、一度もありません」

咲は、医師の強い言葉に戸惑いながらもはっきりと答えた。

「この問題を抱えていても別れる気はありませんか？」

と二度聞いた。咲は強い口調で、

「私は父母が大好きです。本当に可愛がってもらいました。結婚も父の薦めで決めました。間違いないと思ったからです。父母を不幸にしたくありません。私が離婚をすると言うと、原因を聞いてきます。絶対に本当のことを言えません。何か勘違いしているのではないかと普通の人は思います。だって信じられないことですから。だから先生にしか言えないと思い、思い切って受診したのです」

しばらく間をおき、

「分かりました。もう一度言います。我慢して一生過ごすか、離婚するか二つに一つしかありません」

信頼している医師の言葉に、咲は目を閉じた。医師は、

「一生のことです。今日は疲れているようなので自宅でゆっくり考えてください」

と言い、両手をしっかり握りしめた。

「先生、これは病気ですか? もし妻の私にできることがあれば何でもします。一生の問題ですから教えてください」

と懇願した。医師は、

「あなたには治せない性癖です。薬はありません」

と言い切った。

咲は引き下がらなかった。

「夫に医師のカウンセリングを受けさせます」

しかし冷たい返事しかなかった。

離婚、性癖、治らない……医師からの言葉が頭の中で渦巻いていてい

た。全幅の信頼を寄せていた医師の言葉は重い。穏やかな表情から発せられた言葉の数々が胸を抉《えぐ》る。

　こんな苦しいことがあるの？　それがなぜ私なの？

　悶々とした日々が続いた。

　そのような時、咲はふと東日本大震災の津波を思い出した。そうだ、福島へ行こう。なぜなら津波で父母や家族を亡くした子どもたちが親戚をたらい回しにされ、あげく施設に送られ苦労している姿をテレビで見たことを思い出したからだ。咲は両親に可愛がられて寂しい思いをしたことがなかった。だから私は苦しみが二倍、三倍に感じるのかもしれない。母親を亡くし、苦しんでそれを我慢しながら生きている子どもたちが大勢いる。

　学生時代、合唱部に所属していた咲は、災害にあった地域によく慰問に出かけ、大変喜ばれたことがある。今回の福島行きは、学生時代の慰問とは異なるが、かといって、私より不幸な人を見て自分を慰めるのとも違う。今福島に行けば、日常を必死に生きる人たちに会えるのではないか、生きる希望や勇気が得られるのではないかと思ったからだ。

塞いでいる私を気にしていた夫は、気晴らしになるからと気持ちよく送り出してくれた。

ある施設を市役所で紹介して頂き見学できるようになった。平日だったので学校へ行っている子どもたちは三時頃どやどやと帰ってきた。

「おばさん、だあれ？」

と三年生の女の子が聞いてきた。咲は、

「みんな元気にしているのかなってお顔を見に来たのよ」

「元気だよ。でもね、忙しいの。何故かと言うと、私は三年生だから食後の片付けをしてお茶碗を洗って、それから一歳の赤ちゃんの面倒を見て、寝かしつけてから宿題をするの。忙しいでしょ」

と淡々と咲の顔を見ながら話した。咲は泣いてはいけないと思いながらも涙が止まらず、

「えらいわね、私も頑張るからあなたも頑張ってね」

と言うと、

「うん、亡くなったお母さんがいつもそう言っていたよ」

と言う。咲はその子をしっかり抱きしめた。その子もしっかり抱きしめ返した。母になった思いがした。

次の日老人ホームを訪れた。そこで介護の様子を見せてもらい、手伝うことにした。

「まずやらなければならないことは、毎日お風呂に入れるのは大変なので身体を拭いてあげることです」

咲は洗面器にお湯を入れ準備した。

「大事なことは患者さんの負担を軽くするため、横になったまま左

右に身体を動かし上半分を温かいタオルで丁寧に拭き、次は反対側を拭くようにするのです」

　慣れない手つきで体を拭いていると、

「気持ちいい」

とお婆さんはちょっと笑った。咲は嬉しかった。次は両手を拭いて最後に両足を拭いた。それからおむつを替えた。

「パンツ式のものは寝たきりの人には無理なので昔風のテープ式のおむつを使うんですよ」と介護士が教えてくれた。お婆さんは、

「すみません」

と言った。九十歳になっても下《しも》の取り扱いに遠慮気味の顔だった。

「いいのですよ。気持ち良くなりましたね」

　咲は数人のお年寄りの身体を拭き喜んでいる顔を見るたびに嬉しく思った。わずか二日間だったが、咲にとっては本当にいい経験になった。特に、老人施設での経験は、肉体的にも精神的にも大変辛

いものがあったが貴重な一日となった。ここで取得したものは消えないと思った。自分が大きく成長したように思えた。その時間は嫌なことをすっかり忘れていた。

帰りの新幹線の中で咲は心地よい疲労と満足感を感じていた。あんなに生き生きとみんなが頑張っているのだと思うと、問題は違っても解決できる何かをつかんだ気がした。別れるのは簡単。ただ両親が悲しむのは見たくなかった。咲、頑張れ、咲、頑張れと心の中で叫んでいた。

ある日のこと、今日はお料理教室へ出掛けようとエプロンやナフキンをバックに入れていたら電話が鳴った。午前十時だった。

「はい」

と咲。

「咲、僕だよ。元気？」

突然の電話だった。声を聞いただけで誰かすぐに分かった。お互いの近況を語り合いながら、

「今どこ？」

「東京に来ているんだ。出張で」

二十年ぶりの会話だったが、ブランクは全く感じられなかった。

「分かったわ、会いましょうよ」

咲が大学の頃付き合っていた水木良太だった。懐かしかった。その当時は若かったし、良太が海外赴任になったのをきっかけに別れてしまった。両親の元を離れることができなかったからだ。

約束のレストランへ行った。彼は変わっていなかった。優しく笑顔で迎えてくれた。私も笑った。彼から見ると寂しい笑顔に感じられたかもしれない。それほど夫のことは頭から離れなかった。

「元気そうだね」

「何とかね」

ここで彼に話をしてスッキリさせたかったが、中途半端に終わるのが逆に苦しかった。夫のことを聞かれたが適当に答えた。咲は口を開いた。

「どうしても聞きたいことが一つあるの？」

「なに？ 言ってごらん？」

「あの時もし、海外へついて行ったらどうした？」

と切り出した。彼は即答した。

「もちろん、結婚してたさ」

久しぶりに涙が止まらなかった。

夫のことがなければ、「あらそう、嬉しいわ」で終わるところだが涙がこぼれてしまった。良太は一瞬顔を曇らせたが、

「泣くなよ。旦那とはうまくいっているんだろう。昔は昔、今は今。それでいいだろう」

と、良太は言った。

「今度また東京へ来た時は連絡してもいい?」
「いいわよ」
と、サラッと返した。そして別れにしっかり握手をした。夫に対して後ろめたさはあったが、そのひと時が夢のようだった。私が抱えている問題も夢であってほしいと心から思った。現実に戻るのは怖かった。

咲はソファに座ってテレビをつけた。夏の風物詩、高校野球の真最中だった。

野球が大好きな咲は、夫と二人でよく甲子園球場に出かけた。炎天下のグランドは、いくら水をまいても砂埃に覆われる。頭から滑り込んでいく球児が砂埃で見えなくなるほどだ。臨場感溢れる光景は、球場に足を運ばなければ味わえない。審判員のジャッジに喜んだり落胆したりしたそんな楽しいひと時もあった。

七―〇だった。あっ、これは勝負ありだなと思ったが、どちらを応援するともなく見ていた。八―〇になった。プロ野球なら観客が立ち上がり出口に向かうところだ。負けているチームの選手たちがベンチに戻った時、迎える監督は笑顔などあるはずもないが、選手たちを両手で大きくこちらへ引き寄せるように集めた。その目は力強い中にも温かさを感じた。選手たちも気づいていたはずだ。選手たちを全員座らせた。

アナウンサーは最後まで力強く指示する監督の様子を伝え、解説者は、

「このチームは逆転逆転でここまで来たチームですから、まだまだ分かりませんよ」

と言った。観客席の応援団も複雑な心境で選手たちを温かく見ている姿が印象的だった。

さあ九回表が始まった。一点でも返して帰りたい。できれば三

点、四点入れてと考えていたに違いない。ピッチャーとキャッチャーは二人でグローブを口に持っていき何かを話し合っている。キャッチャーがグローブでピッチャーの背中を軽く叩く。ピッチャーはそれにうなずく。一球目、投げた。弱い当たりでもうダメだと思った時、セカンドのエラーでセンターに抜けた。全速力の選手は一気に三塁まで行った。キャーとスタンドから聞こえた。咲は手に汗を握り祈った。どちらを応援しているというわけではないが、ただ一生懸命の選手に感動したのだ。ノーアウト三塁。そして二人目がバッターボックスへ。投げた。打った。

「ホームラン」

とアナウンサーは叫んだ。二点返した。まだノーアウト。三人目がバッターボックスへ。

「ヒット、ヒット、さあ二塁を回った」

三塁打だった。ノーアウト三塁。歓声があがった。アナウンサーの声が聞きづらくなった。ノーアウト三塁。バッターボックスには四番バッター。一球目を打った。センターの頭を越えた。監督は一球目から打てと指示したのか、三塁ランナーがホームベースを踏み三点目。打ったランナーは二塁を回り、三塁コーチは腕をぐるぐる回し、三塁まで行けというサインを出す。選手はそれを信じて三塁まで行った。奇跡としか言えなかった。スタンドは大騒ぎ。次から次へと点が入り八―〇から同点まで追いつき延長十二回が終わり、十三回タイブレークまできた。炎暑の中、考えられないことが起きた。劇的だった。タイブレークは今年から導入された。選手の体力を考えた措置だった。ノーアウト一、二塁から始まる。もうどちらが勝っても負けても力は同等と思った。あとは気力だけだった。

諦めない精神を咲は教えられた。十三―十二で逆転し、勝利をおさめた。奇跡としか言いようのない幕切れだった。どちらの選手も、炭焼き小屋から出てきたかのように頭から足まで真っ黒になり、顔にも泥を付けたまま拭いもせず終わりの挨拶に並んだ。最後まで力を出し切ったという清々しい選手たちの姿に感動した。日頃の訓練の賜物が眩しく感じられた。

あれほど好きだった高校野球なのに、今の精神状態では全く見る気にもなれなかった。何気なくつけたテレビ、そこに写しだされた高校野球、炎天下で繰り広げられる必死のプレイに、あらためて咲は感動した。

「私、頑張らなくっちゃ」

最後まで諦めない、この球児たちに教えられた。そして監督は一人で泣いていた。選手より涙を隠せなったのは監督だった。今まで厳しい顔つきの監督も、その時は選手の父親になったような優しい顔だった。

予期せぬ出来事

夫がジュネーブへ出張になった。その間自分の身の振り方を考えようと思った。最後の決断だ。深谷先生に夫の出張を伝えた。「あなたが身の振り方を考えるいい機会です。将来を考え一番いい方法を見つけてください」と言った。

咲は夫がいない間、心を落ち着かせるため温泉巡りに行くことにした。学生時代、何か悩みがあるとよく一人旅に出かけた。非日常に身を置くことで、全て解決できたような気がした。それで充分だと思った。

芦原温泉、有馬温泉、別府温泉と回り心身を休め、これからのことをゆっくり考えていた。しかし、簡単に答えが出るものではなかった。思考が堂々巡りをするだけだ。有馬温泉の湯は土色をしているため、湯船から上がったらシャワーで洗い流さないといけない。脱衣所に注意を促す大きな張り紙があったが、それさえも見落として下着を汚してしまった。

咲の頭は温泉に入りながらも混乱していた。

明日、夫が帰ってくるという朝、旅館で朝食をとっていると、テレビに緊急速報が流れた。ジュネーブ発チューリッヒ経由、成田行きの旅客機が離陸直後墜落した。夫の乗っている飛行機だ。今のところ安否は分からないという。咲は座り込んでしまった。鼓動が早くなり体が震え出した。一瞬頭が真っ白になった。なんということだ。

急いで東京へ帰り連絡を待つことにした。両親が自宅に来て私を心配した。そしてテレビから流れる情報を待った。すると速報が入り、生存者六名という。六番目に、

「シンドウツヨシさんでしょうか、タケシさんでしょうか、ゴウさんでしょうか、どう読むのでしょうか？」

とアナウンサーの声。咲はその場で倒れた。目を覚ますと病院だった。両親がいた。

「私は、私は」

と言うと、

「いいからゆっくり寝ていなさい」

と母は言った。

「剛さんはあちらの病院で治療を受けているみたいよ。今のところ頭を打って意識はなく、両足の骨折があるんですって」

なんということだ。今まで考えていたことが嘘のように、ひらひらと高い所から散り始めた。深谷先生から、

「二つに一つ」

と言われたが、三つ目の選択があるかもしれないと思った。最後まで両親には何も言わず済んだことを神に感謝した。

ジュネーブから夫が東京の病院へ運ばれた時、意識は戻っていた

が、医者が、

「名前も分からないと言っていますので、記憶喪失の可能性があります」

と言う。

記憶喪失、両足骨折。最悪、車椅子生活が始まるのかもしれない、と咲は運命を感じた。母が言った。

「これから大変ね。私も手伝うから剛さんを一生面倒見ていこうね」

「大丈夫よ。私ね、偶然だけど介護のボランティアに行って体験したことがあるの」

「えーっ、どうしてなの？」

と母は驚いた。

「実はね、近所の医者に何かと相談しているうちにボランティアのことを促されたの。何でも経験と思って、これからお父様お母様の介護も必要になるでしょう。だからいい経験になったのよ」

「まあ、あなたは……お母さん恥ずかしいんだけど、あなたに躾《しつけ》らしいことは何もさせてなかったので、結婚生活も実は心配していたの。あなたが介護や施設の子どもたちとの生活を体験しているなんて考えもしなかったわ。ごめんね、咲」

と母は涙ながらに語った。

「お父様もお母様もこれからのことは心配ないから。剛さんの面倒もしっかりみて、ますます腕に磨きがかかるわよ」

と咲の言葉は弾んでいた。願ってもない結末に不思議な思いがした。

「しかし深谷先生には感謝しなければね」

と母が言った。父は、

「剛君は九死に一生を得た。咲はツイているな。人間はいつ何が起こるか分からない。これからは咲の身体も大切にしながら頑張るんだよ」

優しい目だった。

それから咲の介護生活が始まった。朝から洗濯をし、おむつを替え、食事を食べさせ散歩する。そしてお昼寝をさせる。その時は咲も一緒に横になり身体を休めることにした。帰国後、夫の症状は悪化し、今では、ウーウーと言うことしかできない状態になっていた。そのウーウーという声で目が覚めた。

「あっ、あなたおむつね」

と言って替える。朝干した洗濯物を取り入れ夫の食事の支度をした。咲が作ったものは何でも美味しそうに食べた。今までのことは忘れて咲の顔を見ながらウーウーと美味しそうに食べてくれた。もうこの人はどこにも行かない。消える事はない。いつも自分の側にいてくれる。こんな嬉しいことはなかった。

夫の裏切りに苦しんだのが遠い昔のような気がした。元恋人との再会に胸をときませ、次回の再会を約束したが、もう会うことはない。

私は夫を愛している。

近所の方々は、

「大変ね、お気の毒ね。人間何が起こるか分からないものね。あんなお嬢様に、ご主人が車椅子生活になるような日が来るなんて、考えられないわ」

と口々に話した。誰も知らない。咲には苦痛どころかいつも一緒にいられる夫との生活が天国のようにさえ感じた。嬉しかった。楽しかった。身も心も弾んだ。自分の時間はほとんどなくなったが、何もいうことはなかった。これを知っているのは咲と深谷先生だけだった。しかしそれからは先生の所へ行く暇がないくらい忙しかった。一度は先生に報告をと思いながら行く機会がなかったが、テレビなどで何もかも知っていらっしゃるだろう。三つ目の選択もあったのだということを。

咲は介護にだんだん慣れてきた。心の余裕もできてきた。夫が昼寝を一時間くらいすることも一日のリズムになっていった。そしてすこしずつ振り返ってみると不思議なことだらけで、一体あの時何が起こっていたのか気になり始めた。

真実を知りたいと思った咲は、日曜日にあのスーパーへ出掛けた。いつも通り大勢の客だった。いつものあの時間に行き、ゆっくりと回り始めた。自分の周りに怪しい人影はなかった。あの連中のことだ。ターゲットを他の人に移し、何かやるのではないか。その当時は夫を探すことで精一杯だったが、今は違う。ゆっくり周りを見る余裕があった。するとあの連中がいた。買い物カゴを持たずに携帯を見ている。ハンチング帽の男。それに応えているような怪しいサングラスをかけた男。このスーパーに怪しい男が数人存在した。そして二十代のあまり清潔感のない女も数人。そのグループが大きな枠をつくりターゲットを逃がさないように囲んでいる。咲は自分に関係がないので、その様子をまともに見ることができた。一人の男が中年の男のカゴを受け取った。もう一人が走って誘導する。男子トイレの所まで来ると、そこにいた三人目の男がその中年の男の背中を押してトイレの中を指さす。すると同時に女が一緒に一つのトイレに入った。身体が震える瞬間だった。十分ほどしてから男が出てきたが、買い物カゴを持っていた男がさりげなく中年男に渡す。何事もなかったかのように中年男は買い物を続けた。そこへ中年の妻らしき人が現れ、男に話かけている。あれは間違いなく妻だ。騙されている妻は縦に首を振りながら話を聞いている。そして二人で買い物袋の中に買った品物を入れて、並んで歩き店を出た。その流れは咲たちと同じだった。実演を見せられた思いだった。

複雑な心境で急いで家の中へ入ると、夫はまだ寝ていた。

「良かった」

と安堵で胸をなでおろした。あれは犯罪なのか、女は十八歳未満ではなかったので犯罪にはならないのか。昼食の準備をしながら誰にも言えない状況に胸が張り裂けそうだった。警察に相談することも考えたがやはりできない。必ず夫に降りかかってくる。

何もできないし誰にも言えない。世の中の恐ろしい裏を見た思いだ。政治の裏、学校の裏、スポーツの裏、警察の裏、そして風俗の裏。お嬢様育ちの咲は知らないことばかりだ。

しかし、今は人が知らないようなことまで経験し、知り尽くした思いだった。人間はいくつになっても、経験しないと分からないことが多い。世間知らずの咲には、今回の経験はこれからの人生に大きな糧になるはずだ。嫌な経験はしないほうが良いが、やむを得ずする経験は人生の肥やしにして上手く生きていけるし、苦しい人のアドバイスもできる。それを悪用さえしなければ大きな人間になれるような気がした。咲は四十三歳にして百歳のお婆さんになったような気がしていた。

そんなある日、夫を散歩に連れて行こうと準備していると、テレビから流れてきたニュースに目が釘付けになった。深谷先生が逮捕されたという。両親と同じくらい尊敬していた深谷先生。

「どうして！」

と思い、食い入るようにテレビを見た。ネットで未成年の女を斡旋《あっせん》し、客から多額の金を受け取った容疑だという。こんなことがあっていいのだろうか。信頼していた私を騙し、何も知らない私は身の上話をする。同時に夫から金を奪い、そのようなことをしながら何食わぬ顔で私を勇気づける。

一体誰を信じていいのか分からなくなった。

「二つに一つ、別れるか我慢をするか」。有無を言わさぬこの言葉にどれだけ悩まされたことか。今だったら言えるかもしれない。

「夫は私が守ります」と。


ウーウーと言う夫の方を見た。咲の顔を見てにーっと笑った。

「あなた……」

と言ってそれ以上言葉が出なかった。母から深谷先生のことで電話をもらったが、涙も出なかった。

「あなた、散歩へ行きましょうね。私とあなたはいつも一緒。これからずっと一緒。一生二人で暮らすのよ」

夫に言うとにこーっと笑ってウーウーと言った。

二人でゆっくり並木道を散歩した。

「あなたさえいれば私はもう何もいらない」

炎暑はおさまり、さわやかな秋風が吹いていた。

あとがき

　私は、小学校の頃から物語が頭の中できらめいていました。母に「将来作家になりたい」と言うと、母から作家で身を立てることは大変なので、趣味で書くことを勧められました。書くことは、心を豊かにするだけでなく、人に対して思いやりを持つことになると言うのです。学校の行き帰りはいつも、物語で頭の中がいっぱいでした。

　その頃は、自宅にテレビがなく、ラジオはあってもガーガーピーピーで聞き取れない状態。学校の先生の言葉と教科書だけが外から入る唯一の情報でした。そのような環境だったからこそ、頭の中はいつも物語で溢れていたんだと思います。

　内容は覚えていませんが、最初の主人公はシャープさんフラットさんでした。

ある日のこと、学校帰りの畑道で、おばさんが「トマト食べていく?」と言うので「うん」と大きくうなずくと、真っ赤に熟したトマトを枝からちぎってくれました。水で洗い、自分の首に巻いている汚いタオルで拭いて「はい」と渡してくれました。それをガブッと食べていると「美味しい?」と聞くので大きくうなずき「太陽の味がする」と言うと「ハハハ、太陽の味か、面白いことを言うな」と頭をなでてくれました。嬉しかった思い出です。


子どもの頃、母に「心を豊かにする、人に対して思いやりをもつ」と言われた言葉が、今になって心を磨く言葉と知りました。

いつもにこにこしながら私の話を聞いてくれた母、いつもにこにこしながら話をしてくれた母。今、この本を母に見せたら、タオル一本では足りないくらい涙を流して喜んでくれただろうなあと思います。

『炎暑』は母の教えから生まれたようなものです。
最後までお読み頂きありがとうございました。

クリスマスイブに自宅で

二〇二二年十二月二十四日

［著者略歴］
伊藤 利子（いとう・としこ）
春日井市在住
保育短大在学中に幼稚園教諭免許取得
卒業後、三年間幼稚園勤務
その後、結婚のため退職
現在に至る

炎暑　夫が消える

2023年4月2日　第1刷発行　（定価はカバーに表示してあります）

著　者　伊藤　利子

発行者　山口　章

発行所　名古屋市中区大須 1-16-29
電話 052-218-7808　FAX052-218-7709
風媒社《ふうばいしゃ》
http://www.fubaisha.com/

乱丁本・落丁本はお取り替えいたします。

ISBN978-4-8331-5442-0